This book is dedicated to the wonderful students I have taught since 2004. I hope that for some it will be an early step towards a life-long passion for all things Hispanic.

Many thanks to Liz Syed for planting the seed for this book and to Daniel Lago Chalabi for bringing the stories to life with his illustrations. I am also indebted to the inspirational language teachers I have worked with throughout my career in the UK and Spain.

Soy Edu

Soy Neus

Soy Hassan

Soy Edu

1. Vamos al parque

Me llamo Edu. Vivo en España desde hace 8 años y antes vivía en Lima, la capital de Perú en un **orfanato** enorme. Mis padres, Manolo y Julio, los dos **madrileños**, me adoptaron. Tengo trece años y soy alumno de 1o de la ESO (1) en el Instituto Conde de Orgaz (2), Madrid.

1. first year of secondary school education in Spain

2. secondary school in the *barrio* of Hortaleza to the north of Madrid

Hoy es un día muy importante - es mi cumpleaños y, **después de** las clases, vamos a ir al Retiro para hacer un picnic. Papá Manolo es **periodista** y Papá Julio es **conductor** de Metro (3) pero hoy no trabajan - hoy preparan mi fiesta en el parque.

3. the underground system in Madrid

4. famous large park in the centre of Madrid which, until the city grew, was actually outside the city gates

Me gusta mucho El Retiro (4). Los domingos **hay** mucha **gente** pero hoy está más **tranquilo** - hoy es miércoles.

La picnic-fiesta es pequeña - invito a mis cinco mejores amigos pero Carlos no puede **asistir** – no me explica por qué. Estamos Neus, Hassan, Patricia, José, mis padres y yo.

Primero, comemos. A Papá Julio le encanta **cocinar** y ha preparado una tortilla deliciosa. Mis amigos también **traen cosas**. Neus trae los **refrescos**; Hassan, unas patatas muy buenas; Patricia, un poco de fruta; y José, la ensalada.

Papá Julio trabaja en La Puerta del Sol (5), **al lado de** mi **pastelería** favorita, *La Mallorquina* (6), y ha comprado una tarta súper rica. Todos comemos muy bien.

5. famous square in the heart of Madrid, famous for the Town Hall from where the New Year's Eve celebrations are broadcast, prompting Spanish people to eat their 12 grapes (*doce uvas*)

6. This is a famous patisserie in La Puerta del Sol where the Calle Mayor begins - the literal translation of the shop is "The Mallorcan Lady".

Después de comer, **jugamos al escondite** entre los **árboles** y cantamos porque Patricia **siempre lleva** su guitarra.

7. southern coastal city and an important port - it is the capital of the Andalusian province with the same name

8. music and art form firmly rooted in Andalusia

Patricia es de Cádiz (7), en el sur de España, pero vive en Madrid **desde hace** cinco años. A su familia les encanta el flamenco (8) - de hecho, su padre es **cantaor** y su madre **bailaora**. Creo que es una familia con mucho **duende**.

En fin, **lo pasamos muy bien** en El Retiro pero ahora estoy muy cansado y volvemos a casa.

2. En el instituto

Voy al instituto en metro. El Metro de Madrid es excelente. Normalmente, me acompaña Carlos y **bajamos juntos** en *Esperanza*, la **parada** al lado del instituto; pero hoy no. Estoy **preocupado**.

Carlos es muy simpático y, aunque él prefiere el Real Madrid (9) y yo prefiero el Atleti (10), **me llevo muy bien con** Carlos.

9. Spanish football club from Madrid of global renown alongside FC Barcelona, they contest the fiercest rivalry in Spanish football. Real Madrid play home games at the Estadio Santiago Bernabéu to the north of the city.

10. The name is affectionately given to Atlético de Madrid, another successful club from Madrid. They play home games at the Estadio Metropolitano to the east of the city, close to the airport. They left their spiritual home, Estadio Vicente Calderón, to the south of the city in 2017.

¿Está **enfermo**? **Llego** al instituto
Hassan, Patricia y José **como siemr**

Carlos no está enfermo. Carlos está co.
creo que está un poco **incómodo**. Neus, hu.
José hablan de la picnic-fiesta - les gustó mucho.

Tengo dos clases antes del **recreo** - inglés (mi clase favorita)
y matemáticas. Durante el recreo Carlos está solo y nos
hablamos.

- ¿Qué tal Carlos?
- Bien …
- … y, ¿esta mañana?
- ¿Qué?
- ¿El metro? ¿La fiesta ayer? ¿El otro grupo?
- Es que … es que … mis padres piensan que no tienes una familia normal.

Carlos se va con el otro grupo y **ahora** estoy solo.

Patricia está muy feliz porque va a visitar a su familia en Cádiz porque el viernes es San Isidro (11) y no hay clase. Tenemos un fin de semana de tres días.

11. San Isidro is the patron saint of the peasants and workers, and is also the patron saint of Madrid. This is a public holiday in the Spanish capital on 15 May.

Por desgracia, mis padres trabajan durante el fin de semana - Papá Julio en el Metro y Papá Manolo, el periodista, escribe artículos sobre las **corridas** de San Isidro.

> 12. Mataró is a town in Catalonia, just up the Mediterranean coast from Barcelona (see *Soy Neus* for more information)

José pasa el fin de semana en Cáceres, Neus visita a su familia en Mataró (12) **cerca de** Barcelona y Hassan está muy **ocupado** porque va a una escuela de árabe los fines de semana.

Patricia **sabe** que estoy un poco triste y tiene una idea.
- *Ven con **nosotros** a Cádiz. Es una ciudad buenísima.*

En casa por la tarde hablo con mis padres durante la cena. Papá Julio cree que es una buena idea, pero Papá Manolo no está convencido.

Al final, hablan con los padres de Patricia por teléfono y … …

… voy a Cádiz con Patricia.

3. Vamos a Cádiz

En el **coche** Patricia me explica unas cosas sobre Cádiz en el coche …

Cádiz está en la costa de Andalucía (13). *La costa se llama La Costa de la Luz* (14). *La Costa de la Luz es muy bonita y no hay demasiados turistas ingleses. El pescado en Cádiz es delicioso y los churros son buenísimos. En Cádiz tienen un acento fuerte* (15). *Y, Cádiz es la **cuna** del flamenco.*

13. One of Spain's 17 autonomous regions, Andalusia, located in the south of Spain, consists of 8 provinces. It is the most populated autonomous region and the second largest (after Castilla y León).

14. Literally translated as "The Coast of Light", it is the stretch of coastline in Andalusia which faces the Atlantic Ocean - it spans the provinces of Cádiz and Huelva.

15. The Spanish in Cádiz tends to be *ceceo*, where the "s" is pronounced as a soft "c". In this region the "s" on the end of words tends to be missed off or "swallowed".

Patricia es muy **habladora** pero creo que es muy interesante. **Escuchamos** flamenco en el coche y todos **cantamos** - creo que es muy divertido. **Nunca** cantamos en el coche de mis padres - normalmente escuchamos el fútbol, especialmente si hay **partido** del Atleti en la radio.

Mis cinco amigos y yo tenemos un grupo de *WhatsApp* y hoy hay fotos del viaje a Barcelona gracias a Neus, de Extremadura gracias a José y de Madrid gracias a Hassan.

Carlos normalmente **pasa** el fin de semana en Segovia pero no hay ninguna foto **suya**. Carlos sabe que **me interesa** la historia y normalmente toma fotos excelentes del **Acueducto** (16), del **Alcázar** (17) o de su plato favorito - **el cochinillo** (18) - pero hoy no hay nada.

16. The Roman Aqueduct in Segovia is the best-preserved elevated Roman aqueduct in the World.

17. The Alcázar is a mediaeval castle which was a favourite residence for several monarchs. It has a distinctive shape like the bow of a ship and, because of its towers, it is thought to be the inspiration for the Walt Disney castle.

18. This is roast suckling pig, a very popular dish in Segovia.

Patricia y yo estamos **confundidos,** pero ahora estamos en Cádiz y nos tomamos una foto al lado del **puerto** para el *WhatsApp* y para mis padres.

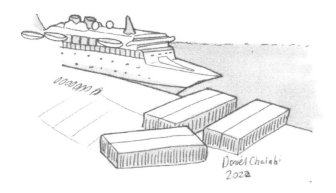

Daniel Chalabi
2022

En Madrid no hay **mar** - me encanta el mar y hoy el mar me parece **increíble**. No recuerdo bien Lima pero recuerdo el mar - el Océano Pacífico.

Patricia tiene una casa en el centro de Cádiz, muy cerca del Mercado Central (19). Me encantan los **olores** del mercado. Hay **fruterías**, **carnicerías**, **pastelerías**, **panaderías** y **pescaderías**.

19. This wonderful market is located in the heart of Cádiz.

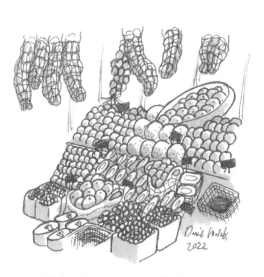

Escucho el acento distinto de Cádiz de los **vendedores** - me fascinan los **idiomas**, y los **dialectos** curiosos … los acentos diferentes.

Mis amigos, Neus y Hassan, son **bilingües**, y es muy interesante hablar **sobre** sus **experiencias** - Neus habla español y catalán (20), y Hassan habla español y **árabe**.

> 20. Catalan, which was suppressed during Franco's Dictatorship (1939-1975), is one of the 4 official languages of Spain - Castilian (Spanish), Catalan, Galician and Basque (*castellano/español, catalán, gallego y vasco/euskera*). Catalan is spoken widely in Catalonia, Valencia and the Balearic Islands. For more information see *Soy Neus.*

Patricia y yo vamos a una **churrería** muy tradicional al lado del Mercado. Ahora **echo de menos a** mis padres porque vamos mucho a *San Ginés*, una churrería muy famosa en Madrid. Los churros **caseros** están **recién hechos** y el chocolate muy **denso** - me gustan muchísimo.

Patricia habla del flamenco - es su **tema** favorito y, **aquí** en Cádiz, Patricia **parece** tener **aún más** duende. **Según**

Patricia, el flamenco se relaciona mucho con el árabe. Es **verdad** - cuando Hassan habla árabe con su hermano en el instituto y cuando canta el padre de Patricia, en mi opinión, es similar.

En Cádiz visitamos la playa, **cruzamos** la Bahía de Cádiz (21) en ferry para llegar a Puerto de Santa María que es un pueblo muy bonito. **Me fascina** la visita al Castillo de San Marcos (22).

21. The Bay of Cádiz - the body of water between the narrow peninsular where the city lies and the mainland.

22. The well-preserved 12th Century fortress located across the Bahía de Cádiz in Puerto de Santa María.

23. The largest bullring (*plaza de toros*) in Spain, with a capacity of just under 24 000. For more information, see *Soy Hassan*.

No vamos a **la plaza de toros** porque a Patricia no le gustan nada las corridas de toros. Mis padres son **aficionados** de la corrida y me **mandan** una foto de Las Ventas (23) en Madrid - durante San Isidro hay muchas corridas en Las Ventas.

Mis padres están muy **emocionados** en la foto y los echo de menos pero lo paso muy bien en Cádiz.

4. El lunes

Es lunes y es un día excelente en el instituto - una clase de inglés y una de historia

En la clase de historia hablo con el **profesor** sobre El Castillo de San Marcos y sus relaciones **fascinantes** con la convivencia (24) fuerte entre **musulmanes** (25) y cristianos, el **viaje** de Cristóbal Colón (26), y la Guerra Civil (27). Me encanta la historia.

24. The term is given to describe different cultures living together in Spain, which was particularly apparent during mediaeval times with widespread examples of Christians, Muslims and Jews, all living together, at times, in relative harmony.

25. The name given to Muslims. We should not underestimate the influence that Muslim culture had on Spain over more than 700 years. This rich culture influenced architecture, music, language, diet, agriculture, pastimes, maths, science etc.

26. Christopher Columbus, who, after sponsorship from the town was agreed, named one of his ships the "Santa María" after Puerto de Santa María.

27. Referring to the Spanish Civil War (1936-1939). This conflict was followed by over 3 decades of Dictatorship in Spain after Franco's victory with the *Nacionalistas* over the *Republicanos*. The scars of this terrible war are still felt today in Spain.

Carlos me ignora otra vez durante el recreo pero Neus, Hassan, Patricia, José y yo hablamos de **nuestros** fines de semana excelentes **mientras compartimos** unas patatas.

No **sé** qué voy a hacer pero, **de momento**, estoy muy contento porque tengo cuatro amigos que me **aceptan** y que me **aprecian** también.

Después de las clases, vamos a **pasear por** La Plaza Mayor (28). ¿La **conoces**?

28. the iconic main square in Madrid

Glosario

aceptar to accept
el acueducto aqueduct
el aficionado fan / supporter
ahora now
el alcázar fortress
al lado de next to
apreciar to appreciate
aquí here
árabe Arabic
el árbol tree
asistir to attend
el / la bailaor / bailaora flamenco dancer
bajar to get off
bilingüe bilingual
el / la cantaor / cantaora flamenco singer
la carnicería butchers
cantar to sing
casero homemade
la churrería café specialising in churros
el coche car
cocinar to cook
como siempre as always
compartir to share
el conductor / la conductora - driver
conocer to know (be familiar with)
la corrida (de toros) - bull fight
la cosa thing
cruzar to cross
la cuna cradle
después de after
el dialecto dialect
de momento at present
el duende duende (passion and emotion evident in flamenco)
echar de menos to miss (someone or something emotionally)
escuchar to listen (to)
emocionado - excited
enfermo ill
la experiencia experience
fascinante fascinating
fascinar to fascinate
la frutería fruit shop / stall
la gente people
hablador chatty / talkative
hay there is / there are

hoy today
el idioma language
increíble incredible
interesar to interest
jugar al escondite to play hide 'n seek
junto together
llegar a to arrive (at)
llevar to carry / wear
madrileño adjective relating to Madrid
mandar to send
el mar sea
mientras whilst / while
musulmán muslim
el orfanato orphanage
nunca never
el olor smell
la panadería bakery
la parada stop (for bus, underground etc.)
parecer to seem
el partido - a match (sport)
pasar to spend (time)
pasarlo bien to have a good time
pasear por … to wander / stroll around …
la pastelería patisserie
el / la periodista journalist
la plaza de toros bullring
por desgracia unfortunately
preocupado worried
el profesor teacher
el puerto port
recién hecho freshly made
el refresco - soft drink
saber to know (facts) (sé = I know)
saludar to greet
según according to
siempre always
sobre about
suyo of his/of hers
tranquilo peaceful
traer to bring
un vendedor seller
verdad true

Soy Neus

1. Ser bilingüe

Me llamo Neus y tengo 13 años. Vivo en Madrid **desde hace** 8 años. Soy española y **catalana** (29) también. Hablo español y catalán - soy **bilingüe** (30). Me encanta ser bilingüe.

29. Some people from Catalonia would class themselves as Catalan rather than Spanish, others would class themselves as both Catalan and Spanish. There are interesting comparisons to be made with Scotland and the UK.

30. Bilingualism is an everyday feature of life in Catalonia. Catalan has thrived in this region, as well as in Valencia and the Balearic Islands, after being marginalised during the Franco Dictatorship.

En casa normalmente hablo catalán con mis padres. Si estoy en Cataluña, normalmente hablo catalán también. Sin embargo, si estoy con mis amigos en Madrid, hablamos español.

Pero no es blanco y negro (31) - **a veces, sin querer, uso** palabras catalanas durante una conversación en español y, otras veces, uso palabras españolas en una conversación en catalán (32).

Mañana es un día importante - es **la boda** de mi **tía**. Mi tía Llúcia (33) es la hermana de mi padre. Vive en Mataró (34) cerca de Barcelona, y **se casa** en **el Ayuntamiento** de Mataró. Hoy en Madrid es San Isidro (35) y no tenemos clase.

---

31. "Black and white" - note the contrasting order in English and Spanish - like in English it is used to refer to being "clear cut" in a figurative way.

32. This is known as code switching. It happens very commonly and naturally when people share more than one language. They switch from one to the other naturally.

33. Spanish names have their equivalent in Catalan. Llúcia would be the equivalent of Lucía in Spanish or Lucy in English.

34. Mataró is a coastal town in the Province of Barcelona located to the northeast of the city.

35. San Isidro (15 May) is the patron saint of Madrid and is a fiesta day in the Spanish Capital. For more information see *Soy Edu* and *Soy Hassan*.

Vamos a viajar en el AVE (36) a Barcelona. Estamos mis padres y mi hermano **mayor** en Atocha (37), y estamos muy emocionados.

36. The *AVE*, which stands for *Alta Velocidad Española*, is the impressive high-speed train in Spain, which began in 1992 with a route from Madrid to Seville via Cordoba. It was constructed in time for the *Expo92* held in Seville in the same year. The network now extends widely across the country. Traditionally, Spanish tracks have a wider gauge than the rest of Europe - importantly, the *AVE* tracks share the same gauge as the rest of Europe, enabling trains from outside Spain to use the network too.

37. This is the main railway station, just south of the city centre. The station sadly became more widely known globally in March 2004 following terrorist attacks affecting commuter trains just outside the station.

Ya tenemos los billetes, los compramos por la mañana y después, **por casualidad**, desayunamos con Hassan. Hassan es mi amigo, pero me gusta mucho - en mi opinión, es súper cariñoso, inteligente y guapo.

Leo los mensajes de *WhatsApp* - Edu y Patricia viajan a Cádiz, José viaja a Cáceres y Hassan **se queda en** Madrid. Creo que Carlos viaja a Segovia pero no estoy **seguro**. Estamos un poco **confundidos** porque no **vino** (38) a la fiesta de Edu el miércoles en El Retiro.

---

38. This is the irregular preterite tense of *venir* (to come), not to be confused with the noun (a homophone) *el vino* (wine), with the same spelling.

2. Vamos a Barcelona

Atocha es la estación de RENFE (39) más importante de Madrid. Los trenes de AVE son **impresionantes**. **Nuestro** tren sale a las ocho y **ahora** son las siete. **Tomamos** un bocadillo en una cafetería. Las cafeterías en la estación son más **caras** que las de mi **barrio** y los **camareros** menos simpáticos, pero **podemos** ver **el tablero de salidas**.

39. The Spanish national rail company, it stands for *Red Nacional de Ferrocarriles Españoles.*

Hay muchos trenes - uno **sale** ahora a Valencia en el este, otro a las siete y veinte a Sevilla en el sur, otro a las ocho menos cuarto a Toledo en el centro del país y el nuestro a las ocho a Barcelona en el noreste de España.

El tren es muy **cómodo** y rápido. Viajamos por Guadalajara, Calatayud y, **después de** una hora y quince minutos, **llegamos a** Zaragoza (40). Mis padres toman un café, y mi hermano y yo hablamos sobre el fútbol porque **mañana** es la boda de la Tía Llúcia pero es el derbi (41) - Real Madrid-Barça también.

40. This is a city approximately halfway between Madrid and Barcelona. It is the principal city of the region of Aragón.

41. This is a word borrowed from the English word "derby", in Spanish this can be a match played out between two teams from the same city or region, but, as in this case, it can also be a match between two great rivals from different regions.

Vivimos en Madrid pero somos de Cataluña - preferimos el Barça. Mi amigo Carlos prefiere el Real Madrid, y siempre hablamos y **bromeamos** del fútbol pero hoy nada. Carlos está muy **raro** desde hace unos días.

3. Llegamos a Barcelona

A las diez y media llegamos, muy cansados, a Barcelona. El AVE es súper **puntual**. Vamos en Metro (42) a *Sagrada Familia* porque mis **primos** viven **cerca de** la Catedral famosa. Salimos del Metro - allí está La Sagrada Familia (43) de noche. Me parece preciosa.

42. This is the underground transport network in Barcelona

43. The modernist cathedral designed by the great architect, Antoni Gaudí - this is his masterpiece but there are other works of Gaudí dotted around the city too.

Tomo una foto para el *WhatsApp*. En el futuro quiero ser **arquitecta** y Gaudí, **el genio**, es mi inspiración.

Mis primos son **gemelos**, Andreu y Jordi. Creo que son muy **cariñosos** pero bastante **mimados**. Viven en un apartamento **lujoso con vistas a** la Catedral **majestuosa.**

El padre de Andreu y Jordi (Tío Aleix) es el hermano de mi madre. Es **amo de casa** y autor. La madre de Andreu y Jordi (Tía Mar) no está en Barcelona - es **empresaria** en México y Argentina. Tía Mar viaja mucho.

No van a la boda pero **nos quedamos en** su casa. Mi madre **se lleva muy bien con** su hermano, y mi hermano y yo nos llevamos muy bien con los primos.

Cenamos súper tarde en casa - Tío Aleix cocina muy bien y nos prepara unos **platos típicos** de Cataluña - pan con tomate delicioso, **fideos** sabrosos y **butifarra** muy buena, y para **postre** una crema catalana (44) **exquisita.**

44. This is the Catalan take on the French classic, *Crème Brûlée*.

Hablamos en catalán sobre el instituto, sobre **las noticias** y sobre la boda de mañana. Mis primos **se ríen de** mí porque opinan que mi acento catalán es un poco raro.

Mi tía Llúcia se casa con una inglesa de Mánchester (45) y la familia inglesa **asiste a** la boda también. Estoy muy emocionada pero un poco nerviosa también - me encanta **aprender** inglés y mañana es una oportunidad excelente de practicar mi inglés.

45. city in north-west England

En la cama **me pregunto** si prefiero Madrid o Barcelona - son muy diferentes. En Barcelona tengo el mar, mi estadio de fútbol favorito, mis **parientes** y **la arquitectura** de Gaudí. En Madrid tengo los amigos, las galerías de arte, las tapas y las montañas.

Es una decisión imposible - me encantan Barcelona y Madrid. Estoy muy cansada y **me duermo**.

4. El día de la boda

Madrugo porque estoy muy emocionada. Tío Aleix usa su **portátil** en **la cocina**.

Hablamos de su **última** novela - es sobre Barcelona durante la Guerra Civil (46) y durante la Dictadura (47) - dos **amantes** - una catalana y una inglesa de las Brigadas Internacionales (48) pero, **según** la Dictadura y **ciertos** aspectos de la sociedad, es un amor prohibido. Opino que es una novela muy interesante.

> 46. Referring to the Spanish Civil War (1936-1939), this conflict was followed by over 3 decades of Dictatorship in Spain after Franco's victory with the *Nacionalistas* over the *Republicanos*. The scars of this terrible war are still felt today in Spain.
>
> 47. referring to the Franco Dictatorship (1939-1975)
>
> 48. People from around 50 different countries who came to Spain during the Spanish Civil War (1936-1939) to support the Spanish Republic. In 2009 the surviving *brigadistas* were fully recognised by the Spanish Government and granted Spanish citizenship at a special ceremony.
>
> 49. Referring to a film in its original language with subtitles in the first language of those watching. The usual culture in Spain would be for films to be dubbed with the same dubbing actors doing the voices of the main stars.

Me ducho y, **a la vez**, practico el inglés con un acento británico como en **las películas** de Hugh Grant. Me gustan las películas en versión original (49).

Estamos preparados para la boda. Nos vemos en **el espejo** del pasillo del apartamento y estamos muy guapos. Vamos en cercanías (50) a la boda en Mataró y **una hora después** estamos **al lado de**l Ayuntamiento.

> 50. The commuter trains in and around Barcelona - these are usually referred to with the Catalan word, *Rodalies*, in this region.

Son las once y media, y la boda **empieza** a las doce y media. Hay un bar con una terraza - **tomamos algo**. Mi hermano y mi madre **piden** una cerveza. Mi padre pide una copa de vino tinto y yo pido agua.

En la mesa de al lado hay otra familia - el padre, el hijo y la hija. La madre no está. No hablan español, no hablan catalán tampoco - hablan inglés. ¿Van a la boda también? En mi opinión, el hijo es muy guapo. Tiene el pelo rubio y los ojos azules muy misteriosos.

La ceremonia en el Ayuntamiento es muy bonita y las novias están muy **enamoradas** - **ahora** tenemos la fiesta en un hotel **costero**.

Es una boda **multilingüe** - escucho español, catalán e inglés. Me encanta el ambiente. Hay vistas **preciosas** al Mediterráneo también - en mi opinión, es una boda **buenísima**.

5. Durante la boda

Compartimos una mesa con unos amigos de la novia inglesa. La novia inglesa se llama Laura. Practico un poco de inglés porque los amigos de Laura no hablan mucho español. Son muy simpáticos pero estoy **distraída**. ¿Dónde está el chico inglés de la terraza?

¡Allí está … con el pelo rubio y los ojos misteriosos! Comparte una mesa con las novias - creo que es **un invitado** VIP.

Comemos mucho y estoy **llena**. Ahora hay música moderna y **bailan** muchos invitados.

Me encanta bailar pero estoy un poco nerviosa. Mis padres y mi hermano bailan con los ingleses de nuestra mesa y lo pasan muy bien. La música es muy diversa - hay música inglesa (especialmente de Mánchester) y música española - me gusta mucho.

De repente, escucho un poco de español con acento inglés.

-   *Hola … Me llamo Sam… Encantado … Lo siento … sólo hablo un poquito de español.*

¡El chico de la terraza se llama Sam! Nos hablamos mucho - **una mezcla** bonita de español e (51) inglés. Es muy guapo pero es súper simpático también.

> 51. The word used for "and" (y) when word after "and" begins with the same sound as "y". This way you can hear "and" in the sentence rather than it merging with the word after.
>
> 52. 1980s band from Manchester

Sam es hijo de Laura, la novia inglesa. Sus padres **están divorciados** pero están muy contentos ahora. Sam tiene catorce años y vive cerca de Mánchester. Ponen otra **canción** de Mánchester de *The Smiths* (52).

-   *Neus, es mi canción favorita. ¿Bailas conmigo?*

Bailamos durante mucho tiempo - canciones en inglés, canciones en español y otras en catalán. Ponen una canción de *Los Secretos* (53) muy **lenta** y romántica- se llama *A tu lado* (54) - es la canción favorita de mis padres. Mis padres están muy **ilusionados** y bailan, aunque ahora están bastante **borrachos**.

---

53. 1980s band from Madrid, often linked to the important cultural movement, *La Movida Madrileña*

54. meaning "By your side"

55. This is Real Madrid's stadium to the north of the city centre.

Sam y yo bailamos también y, … me **miran** los ojos misteriosos - le **beso**. Es un beso **breve** pero **suave**. Es un beso perfecto en una boda perfecta. Mi hermano nos **interrumpe** - gana el Barça (0-3) en el Estadio Santiago Bernabéu (55). Es un día perfecto.

6. El lunes

Es lunes y es un día excelente en el instituto - una clase de inglés y una de historia. En la clase de inglés hablo con el profesor sobre la boda y todos **los deberes extra** de inglés que hice durante el fin de semana. Me encanta el inglés y **sueño con** visitar Mánchester.

Carlos está con otro grupo durante el recreo pero Edu, Hassan, Patricia, José y yo hablamos de nuestros fines de semana excelentes **mientras** compartimos unas patatas. Después de las clases, **paseamos por** la Plaza Mayor

Un vendedor ambulante en la Plaza Mayor **vende** CDs - hay uno de *The Smiths* al lado de otro de *Los Secretos*. Compro los dos (**aunque** no tengo reproductor de CD) y, otra vez, **sueño con** visitar Mánchester.

Hassan nos compra un helado - es súper generoso. Le doy un abrazo muy fuerte.

Glosario

ahora *now*
algo *something*
al lado de *next to*
a la vez *at the same time*
el amante *lover*
el amo de casa *house husband*
aprender *to learn*
el arquitecto *architect*
la arquitectura *architecture*
asistir a *to attend*
aunque *although*
a veces *sometimes*
el ayuntamiento *town hall*
bailar *to dance*
el barrio *neighbourhood*
besar *to kiss*
el beso *kiss*
bilingüe *bilingual*
la boda *wedding*
borracho *drunk*
breve *brief*
bromear *to joke*
buenísimo *really good*
la butifarra *sausage from Catalonia*
el camarero *waiter*
la canción *song*
cariñoso *caring/kind*
caro *expensive*
casarse *to get married*
catalán *Catalan*
cenar *to have dinner*
cerca de *near/close to*
cierto *certain*
la cocina *kitchen*
cómodo *comfortable*
compartir *to share*
confundido *confused*
con vistas a *with views of*
los deberes (extra) *(extra) homework*
de repente *suddenly*
desayunar *to have breakfast*
desde hace *for (in the sense of how long you have been doing something)*
después de *after*
distraído *distracted*
dormirse *to fall asleep*
ducharse *to have a shower*

empezar (ie) *to start*
la empresaria *business woman*
enamorado *in love*
¡Encantado/a! *Pleased to meet you!*
el espejo *mirror*
estar divorciado *to be divorced*
estar seguro *to be sure*
exquisito *exquisite*
los fideos *noodles*
los gemelos *twins*
el genio *genius*
una hora después *an hour later*
ilusionado *excited*
impresionante *impressive*
interrumpir *to interrupt*
el invitado *guest*
lento *slow*
leer *to read*
llegar a *to arrive at / in*
lleno *full*
llevarse bien con … *to get on well with*
lujoso *luxury*
majestuoso *majestic*
mayor *older*
la mezcla *mixture*
mientras *whilst*
mimado *spoilt*
mirar *to look at / watch*
multilingüe *multilingual*
las noticias *news*
nuestro *our*
los parientes *relatives*
pasear por *to stroll/wander through/around*
pedir *to order (in restaurant/bar)/ ask for*
la película *film / movie*
los platos típicos *typical dishes*
poder (ue) (+ infinitive) *to be able to*
un poquito de … *a little bit of …*
por casualidad *by coincidence / by chance*
el portátil *laptop*
el postre *dessert*
precioso *lovely / pretty*
preguntarse *to ask oneself*
la prima *cousin*
el primo *cousin*
puntual *punctual/on time*

quedarse en ... *to stay en*
raro *strange*
reírse de ... *to laugh at/about*
salir *to leave/depart*
según *according to*
sin querer *accidently*
soñar con (+ *infinitive*) *to dream about*
suave *soft*
el tablero de salidas *departure board*

la tía *aunt*
el tío *uncle*
tomar *to take / have (when referring to food and drink)*
usar *to use*
el vendedor ambulante *street seller*
vender *to sell*
venir *to come*

Soy Hassan

1. Entradas para El Prado

Me llamo Hassan. Soy de Madrid y tengo 13 años. Mis padres son **marroquíes** - mi padre de Tánger (56) y mi madre de la capital, Rabat.

56. Known in English as Tangier, this city in northern Morocco is immediately across the Straits of Gibraltar, at the gateway to the Mediterranean Sea. There are regular ferries between Algeciras (Province of Cádiz) and Tangier.

57. the first year of secondary education in Spain

Soy alumno de 1º de la ESO (57) en el Instituto Conde de Orgaz, Madrid.

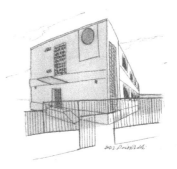

Hoy no tengo clase porque es San Isidro (58). Mis mejores amigos no están en Madrid - Edu y Patricia van a Cádiz en el sur del país, Neus va a Barcelona y José va a Cáceres cerca de **la frontera** de Portugal. No sé dónde está Carlos pero **supongo** que va a Segovia.

Un fin de semana de tres días sin mis amigos - tengo un hermano **mayor**, Yaz, puedo **pasar tiempo** con él - **nos llevamos muy bien**.

Son las ocho y desayunamos - mi hermano, mi padre y yo. Mi madre no está porque trabaja en la cafetería del barrio y empieza a las seis y media - **incluso** los **días festivos**. Normalmente no trabaja los viernes pero **hoy** sí porque los **camareros** españoles no quieren trabajar los días festivos.

Mi padre trabaja en el Museo del Prado (59) de **guardia de seguridad**. Durante el desayuno nos da **entradas** (60) para El Prado. Estoy muy emocionado - me encanta el arte y a mi padre le encanta el arte también.

59. The Prado Museum, officially known as *Museo Nacional del Prado*, is the main Spanish national art museum, located in central Madrid.

60. entrance tickets, not to be confused with *billetes* which would be for transport

2. Mi padre y yo

A mi padre no le gusta ser guardia de seguridad - quiere ser **guía** - pero le gusta mucho trabajar en el Prado. Normalmente no trabaja los viernes pero hoy sí porque el Prado siempre está muy **concurrido** los días festivos.

Los lunes y miércoles trabaja **entre** los **cuadros** de Velázquez (61), los martes y jueves entre los cuadros de El Bosco (62) y los fines de semana entre los cuadros de Goya (63). Escucha las explicaciones de los guías, estudia los pequeños detalles de los cuadros, lee mucho sobre los pintores y sus obras.

61. an important Spanish artist from 1600s

62. an important Flemish artist from the late 1400s, known as Bosch in English, who was the favourite artist of the Spanish King, Felipe II

63. an important Spanish artist from 1700s and early 1800s

Mi hermano, Yaz, no está emocionado - opina que el arte es muy aburrido. Yaz **se queda en** casa con sus videojuegos.

Mi padre y yo vamos en Metro **desde** *Esperanza* hasta *Goya* (64) en la Línea 4. En el Metro hablamos del Prado y del arte. Hay un **asiento libre** al lado de mi padre pero una **señora anciana** prefiere **estar de pie**.

64. The brown line on the Metro which crosses the city from West to East (*Argüelles* to *Parque de Santa María*).

65. The famous large park in the centre of Madrid which, until the city grew, was actually outside the city gates (see *Soy Edu*).

Hablamos en árabe - siempre hablo con mi familia en **árabe**. La señora anciana **baja** en *Goya* también y **agarra** bien su bolso de mano.

Mi padre siempre baja en *Goya* porque le gusta **caminar** por El Retiro (65). Caminamos y hablamos del picnic-fiesta de Edu que **celebramos** en El Retiro el miércoles.

Mi padre lleva el uniforme de guardia. **Sin decir nada**, me **da** diez Euros. Mi padre no tiene mucho pero es muy generoso.

Mi padre entra en el Museo porque **tiene que** trabajar. Estoy solo pero tengo dos entradas. A Carlos le encanta el arte - le mando un mensaje pero no me contesta. Carlos está un poco **raro** desde hace unos días. Son las nueve y El Prado abre a las diez. Voy a una cafetería.

La cafetería se llama *El Brillante* (66) que está a 10 minutos de El Prado (enfrente de Atocha). Ya hace calor y me gusta el **aire acondicionado** de la cafetería. **Pido** unas porras (67) con chocolate. El camarero me habla muy **lentamente** porque opina que no soy español.

66. This is the well-known chain of bars in Madrid, specialising in *porras* (large *churros*) and squid sandwiches (*bocadillos de calamares*).

67. These are chunkier versions of *churros*, popular in Madrid.

Con los diez Euros de mi padre en **la mano**, considero la vida de mi padre …

*En 1994, **después de** la **muerte** de su padre (mi abuelo), **deja** los estudios en la universidad.*

*En 1995, **viaja** a España en patera (68) porque su familia necesita **dinero**.*

*Entre 1995 y 2002 trabaja en los **invernaderos** en Almería (69).*

*En 2002 conoce a mi madre en los invernaderos - **odian** el trabajo y viajan a Madrid.*

*En 2005 **nace** mi hermano mayor, Yaz y en 2007 nazco (70) yo.*

---

68. This is a simple boat used commonly as a means to transport migrants in the Mediterranean.

69. This is the most easterly province of Andalusia in the south of Spain.

70. This is the irregular first person present of the verb *nacer* (to be born).

Luego, una voz familiar …

- *¡Hola Hassan!*
- *¡Hola Neus! … ¿Qué haces aquí?*
- *Estoy en Atocha para comprar los billetes de tren. Vamos a Barcelona porque es la boda de mi tía en Mataró. ¿Y tú?*
- *Tomo unas porras antes de ir al Prado … Tengo entradas gracias a mi papá.*

Neus y su hermano toman unas porras conmigo. Neus es mi amiga pero me gusta mucho … es muy atractiva.

Le gusta mucho el arte - ¿puede ir al Prado conmigo antes de ir a Barcelona? No, porque está muy ocupada y, además, está con su hermano. Estoy muy nervioso y tímido.

- *Me voy … buen viaje a Barcelona. Nos vemos el lunes.*

3. En el Prado

Vuelvo al Museo del Prado. Ahora hace mucho calor. El Museo es enorme y es una de las galerías de arte más importantes del **mundo** - mi padre trabaja allí y estoy muy orgulloso.

En la cola hay muchos visitantes - hablan español, inglés, francés, alemán y otros idiomas que no **reconozco**. Mi padre está al lado de la **taquilla** - hoy no trabaja con el arte. Le **saludo** con la mano **mientras** habla en inglés con un grupo de turistas **estadounidenses**. Mi padre habla francés, árabe, español y un poco de inglés - mi padre es **multilingüe**.

Entro en el Museo y hoy **me centro en** *Las Meninas* (71) de Velázquez.

71. *Las Meninas* (1656) is a complex and intricate painting that raises questions about reality and illusion, and is said to create an uncertain relationship between the viewer and the figures within the portrait.

Es un **retrato** magnífico y paso 30 minutos **intentando** formar mi **propia** interpretación. Escucho las interpretaciones de varios guías y considero las opiniones de mi padre (es su obra favorita).

Voy a la **tienda** porque quiero comprar una **postal** de *Las Meninas* para Neus. El guardia no me saluda pero me **persigue** por la tienda. La postal cuesta 2 Euros.

Salgo y **me despido de** mi padre que está al lado de la taquilla. **He quedado con** mi hermano y mi madre en el Centro Cultural Islámico (72).

72. Islamic Cultural Centre in Madrid

4. Entradas para los toros

Voy en Metro en la Línea 2 (roja) de *Banco de España* a *Ventas*. El Metro es muy **económico** para los jóvenes si tienes un *Abono Joven* (73) - pago 200€ **anualmente** y puedo viajar en Metro, en Cercanías (74) y en autobús también.

73. a travel pass for young people enabling unlimited travel around Madrid

74. the commuter trains

Diez minutos después, estoy en *Ventas*. Aquí está la **plaza de toros** más importante de España. Me encantan las **corridas** - en mi opinión, es brutal y cruel pero es arte también.

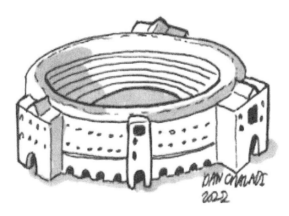

Admiro la dedicación de los **toreros** valientes. Hay muchas personas por La Plaza de Toros porque hoy se celebra una corrida de San Isidro y, **según** los **carteles** tradicionales, **torrea** mi **matador** favorito Alejandro Talavante (75).

Leo la información en el cartel - hay tres matadores y seis toros. Por detrás, alguien me habla …

- *¿Hassan? Hassan, soy Manolo, el padre de Edu. ¿Te gustan los toros?*
- *Sí, mucho.*
- *Tengo dos entradas **de sobra**. Por desgracia, son de sol (76). ¿Las quieres?*
- *Sí, por favor.*
- *Fenomenal - aquí tienes. Empieza a las cinco de la tarde.*

Manolo, el padre de Edu, es **periodista** y escribe muchos artículos sobre las corridas. **A veces**, recibe entradas para su familia y sus amigos.

---

75. Spanish bullfighter from Extremadura, the region to the west of Madrid which borders Portugal.

76. Tickets to a bullfight are sold as *sol* (sun) for seats in direct sunlight and *sombra* (shade/shadow) for seats in the shade. The *sombra* tickets are more expensive.

El Centro Cultural Islámico está a quince minutos **a pie** de *Ventas*. En el Centro hay una **mezquita**, un restaurante y hay muchas actividades para jóvenes también. Los sábados (mañana) mi hermano y yo tenemos clases de árabe aquí. Me gusta mucho estar aquí.

Comemos unas **sobras** que **trae** mi madre de la cafetería en un banco cerca del Centro. Luego, **dentro del** Centro, **rezamos** y hablamos con unos amigos en árabe **mientras** jugamos al ping pong.

Después, mi hermano y yo vamos a la corrida, y mi madre vuelve a casa. Mi madre está muy cansada después de otro día **duro** en la cafetería del barrio.

Yaz y yo hablamos árabe con unas **palabras** de español **en camino para** Ventas. Nos encanta la corrida - la música tradicional, los trajes de luz (77), el duende (78), el ambiente, la convivencia entre el público, la fuerza de los toros. Alejandro Talavante **gana** una oreja (79) y está muy **orgulloso**.

77. suit worn by bullfighters, literally meaning "suit of lights" because of how it gleams in the sun

78. This is often seen as impossible to translate. It is the particular passion displayed and felt by bullfighters and flamenco artists - it is often described as something innate

79. Bullfighters who deliver an excellent performance during their kill can be awarded an *oreja* (ear) as a trophy.

5. Después de la corrida

Caminamos al Metro de *Goya* para **evitar** las **multitudes** y para **coger** la *Línea 4*. En la estación todos **agarran** bien sus **pertenencias** y el tren está muy concurrido. Yaz ve un asiento libre pero un chico no le **deja** sentarse. Reconozco al chico - es Carlos.

En la próxima **parada**, *Lista*, otro chico se sienta al lado de él. Yaz está furiosa. Carlos me ve y, luego, me ignora. Estoy muy confundido. Carlos baja del Metro en *Prosperidad* sin decir nada - ahora hay más asientos libres y nos sentamos. Escribo un mensaje en la postal para Neus.

En casa vemos la tele y cenamos. Mañana trabajan mis padres mientras mi hermano y yo tenemos clase de árabe en el Centro Cultural Islámico. El domingo mi hermano y yo **ayudamos** al amigo de mi padre en el Rastro (80), mi madre **queda con** amigos en el Retiro.

80. This is the huge flea market held every Sunday in Madrid

En el *WhatsApp* veo fotos de los **paisajes** extremeños (81), la Sagrada Familia (82) y el Océano Atlántico - hace mucho tiempo que no salgo de Madrid y estoy un poco **celoso**. No hay nada de Carlos.

81. the adjective relating to Extremadura

82. the modernist cathedral designed by the great architect, Antoni Gaudí (see *Soy Neus*)

6. El lunes

Es lunes y, después de la clase de inglés, tenemos clase de historia. Me fascina la historia. A Carlos le encanta también y hoy hace una presentación sobre la convivencia en su ciudad **natal**, Segovia durante la **época** medieval. Habla bien de la fusión de culturas.

Durante el recreo Carlos me ignora otra vez, pero Neus, Edu, Patricia, José y yo hablamos de nuestros fines de semana mientras compartimos unas patatas.

No sé qué voy a hacer pero, de momento, estoy muy feliz porque tengo cuatro amigos que me aceptan y que me aprecian también.

Después de las clases, vamos a pasear por la Plaza Mayor. Neus, guapísima como siempre, está súper contenta y compra dos CDs de un **vendedor ambulante**. ¿Tiene reproductor de CD? Normalmente escucha música por el móvil.

Hace mucho calor así que **invito a** mis amigos a tomar un helado cerca del Mercado de San Miguel porque tengo mucho dinero **después de** trabajar en el Rastro el domingo. Mi helado de fresa está muy bueno y **refrescante.**

Neus toma un helado de chocolate y está muy emocionada. Me da las gracias con un abrazo muy fuerte.

Tengo la postal de *Las Meninas* en la mochila. ¿Le doy la postal?

Todos nos sentamos en un banco para tomar los helados y Neus nos habla de Sam, un chico inglés de Mánchester.

No le doy la postal - la guardo en la mochila.

Terminamos los helados. Patricia lleva la guitarra, como siempre, y toca un poco de flamenco. Edu canta, José y yo **damos palmas,** y Neus baila - un baile único, bonito y curioso con influencias multiculturales. Mis amigos son muy especiales.

Glosario

a pie *on foot*
a veces *sometimes*
admirar *to admire*
agarrar *to clutch tightly*
el aire acondicionado *air conditioning*
anualmente *annually / yearly*
árabe *Arabic*
un asiento libre *free seat*
ayudar *to help*
bajar *to get off*
un camarero *waiter*
caminar *to walk*
un cartel *poster / notice*
celebrar *to hold / celebrate*
celoso *jealous*
centrarse en … *to focus on*
coger *to catch*
concurrido *busy (in the sense of crowded)*
una corrida *bullfight*
un cuadro *painting*
dar *to give*
dar palmas *to clap (rhythmically)*
de sobra *extra / surplus*
dejar *to let / allow*
dentro de *inside*
desde *since / from*
despedirse de … *to say goodbye*
después *then / after / later*
después de *after*
un día festivo *a bank holiday*
duro *tough*
económico *affordable*
en camino para *en route to / on the way to*
una entrada *a ticket (for an event / place)*
entre *between / among*
época *period*
estadounidense *American (when relating to US)*
estar de pie *to be standing up*
evitar *to avoid*
una frontera *border*
ganar *to win / earn*
guardar *to keep*
un guardia (de seguridad) *(security) guard*
un guía *guide*
hoy *today*

incluso *even / including*
intentar *to try*
un invernadero *greenhouse*
invitar a *to invite / treat someone to something*
lentamente *slowly*
llevarse bien *to get on well*
luego *then*
la mano *hand*
marroquí *Moroccan*
un matador *lead bullfighter*
mayor *older*
una mezquita *mosque*
mientras *whilst*
la mochila *school bag*
la muerte *death*
multilingüe *multilingual*
una multitud *crowd*
el mundo *world*
nacer *to be born*
natal *(of) birth*
odiar *to hate*
orgulloso *proud*
pagar *to pay*
un paisaje *landscape / countryside*
una palabra *word*
una parada *stop*
pasar tiempo *to spend time*
pedir *to ask for*
un periodista *journalist*
perseguir *to follow / pursue*
las pertenencias *belongings*
una plaza de toros *bullring*
una postal *postcard*
propio *own*
quedar con *to meet up with*
quedarse en … *to stay in / at*
raro *strange / odd*
reconocer *to recognise*
refrescante *refreshing*
un retrato *portrait*
rezar *to pray*
una señora (anciana) *(old) lady*
saludar *to greet*
según *according to*
sin decir nada *without saying anything*
unas sobras *leftovers*
suponer *to suppose*
la taquilla *ticket office*
tener que + inf. *to have to …*
una tienda *shop*

Printed in Great Britain
by Amazon

85336821R00038